L'Église Saint-Côme

DE PARIS (1255-1836)

ET

L'AMPHITHÉATRE D'ANATOMIE DE SAINT-COSME

(1691)

PAR

Le Docteur H. DAUCHEZ

ANCIEN CHEF DE CLINIQUE, ADJOINT DE LA FACULTÉ
ANCIEN INTERNE DES HOPITAUX DE PARIS
SECRÉTAIRE-GÉNÉRAL DE LA SOCIÉTÉ DE SAINT-LUC, SAINT-COME ET SAINT-DAMIEN

Orné de six Planches ou Héliogravures hors texte

(Extrait du *Bulletin de la Société de St-Luc, St-Côme et St-Damien*
N° de Mars-Avril 1904)

PARIS

ALPHONSE PICARD ET FILS, ÉDITEURS

82, RUE BONAPARTE

1904

L'Église Saint-Côme

DE PARIS (1255-1836)

ET

L'AMPHITHÉATRE D'ANATOMIE DE SAINT-COSME

(1691)

PAR

Le Docteur H. DAUCHEZ

ANCIEN CHEF DE CLINIQUE, ADJOINT DE LA FACULTÉ
ANCIEN INTERNE DES HOPITAUX DE PARIS
SECRÉTAIRE-GÉNÉRAL DE LA SOCIÉTÉ DE SAINT-LUC, SAINT-COME ET SAINT-DAMIEN

Orné de six Planches ou Héliogravures hors texte

(Extrait du *Bulletin de la Société de St-Luc, St-Côme et St-Damien*
N° de Mars-Avril 1904)

PARIS

ALPHONSE PICARD ET FILS, ÉDITEURS

82, RUE BONAPARTE

— ·

1904

L'ÉGLISE SAINT-COME DE PARIS[1]
(1255 – 1836)

ET L'AMPHITHÉATRE D'ANATOMIE DE SAINT-COSME
(1691)

I

L'église Saint-Cosme de Paris, berceau de la communauté des chirurgiens de Paris, fut construite vers 1212, d'autres disent terminée vers 1255, par Jean de Vernon, abbé de Saint-Germain-des-Prés qui, jusqu'alors ne pouvant marquer son autorité sur ce quartier dont la juridiction incombait au curé de Saint-Séverin[2], voulut attirer dans son giron le quartier occupé actuellement par l'École de Médecine. Cette église, de style gothique primitif, dont les vitraux et

1. Nous sommes heureux de pouvoir adresser ici nos très vifs remerciements à notre excellent ami M. Roland Delachenal, l'érudit historien de *Charles V ;* à M. Georges Rohault de Fleury, toujours si obligeant et enfin à notre savant confrère, M. le médecin major Lacronique, qui ont bien voulu nous aider de leurs précieux conseils.

2. L'Église Saint-Còme (*Hist. génér. de Paris, Epitaphier du vieux* « *Paris,* par Émile RAUNIÉ ; 1901, Bibl. nat. casier V. n⁰ˢ 523-19) fut sé-
« parée de Saint-Germain-des-Prés par l'enceinte de Philippe-Auguste.
« Le Chapitre de Notre Dame et l'archiprêtre de Saint-Sulpice deman-
« dèrent à être dédommagés de la perte de leurs dimes. — L'abbé de
« Saint-Germain, Jean de Vernon, fit régler le différend par Geoffroy,
« évêque de Meaux, par Michel, doyen de Saint Marcel, et de frère Gué-
« rin, chevalier de Saint-Jean de Jérusalem et conseiller du Roy. · Ces
« arbitres décidèrent en 1211 que la juridiction spirituelle de l'Église np
« partiendrait en deçà des murs à l'Évêque et au delà à l'abbé de Saint-
« Germain. Le curé de Saint-Còme devait payer une redevance annuelle
« de soixante sous à l'abbé de Saint-Germain, et au curé de Saint-Sulpice
« (sa vie durant) une rente de quarante sous ou un pain blanc et un quar-
« taut de vin. — Cette sentence fut approuvée par l'Évêque et le Chapi-
« tre de Notre-Dame au mois de juin suivant et confirmée par Philippe-
« Auguste et par le pape Honorius III. »

le portail ont été reproduits par Millin[1], dessinés par M. Georges Rohault de Fleury, qui a bien voulu nous en communiquer les plans tels que les avait dressés Vasserot, plans coroborés par ceux de M. Albert Lenoir, cette nouvelle église avait sa porte d'entrée sur la rue Saint-Cosme, à laquelle elle donna son nom[2].

Quelle était l'origine du patronage de Saint-Cosme attribué à cette nouvelle paroisse ? Si nous en croyons Millin, l'un des autels de l'abside de Saint-Germain-des-Prés avait été béni sous le titre des saints Cosme et Damien, dont les reliques furent retirées, transportées par l'abbé de Saint-Germain et placées dans le nouveau sanctuaire, qui ne fut cependant dédié que longtemps après sa construction en 1427[3]. Cette modeste église, si modeste fût-elle, devait jouer plus tard un grand rôle au XVIIIe siècle, car elle devient le centre religieux des fondateurs de l'Académie de Chirurgie, de Mareschal, de François de Lapeyronie. Ce fut un peu plus tard seulement (en 1747), que La Martinière obtint de Louis XV « la construction d'un édifice assez spacieux pour y loger l'Académie, le Collège, la Bibliothèque (sur l'emplacement du collège de Bourgogne[4]), voire même l'Ecole pratique et un hôpital destiné à l'enseignement clinique » (Planche I, n° 8). Ce bâtiment, inauguré en 1774, et et dont le frontispice porte encore en médaillon les effigies de Jean Pitard, fondateur de la confrérie de

<hr>

1. Aubin-Louis MILLIN, *Antiquités nationales* ou Recueil de Monuments pour servir à l'histoire gén. et particulière de Paris, etc. Tome III. Édit. chez Drouhin, R. Christine n° 2, Paris 1791. Bibliothèque Nationale, L. J. 34. — Saint-Côme XXXV.

2. La rue des Cordeliers (actuellement rue de l'École de Médecine) s'appela successivement rue Saint-Germain parce qu'elle aboutissait à la porte Saint-Germain, plus tard rue des Cordeliers, plus tard rue Marat (Corlieu) parce qu'il y avait habité près du boulevard Saint-Germain. — Sa maison fut démolie pour le percement du boulevard.

3. Abbé LE BŒUF. *Hist. des églises du diocèse de Paris*, tome II, p. 465.

4. LACRONIQUE.

PLAN DE TURGOT (1734)

Dessin de M. Georges ROHAULT DE FLEURY

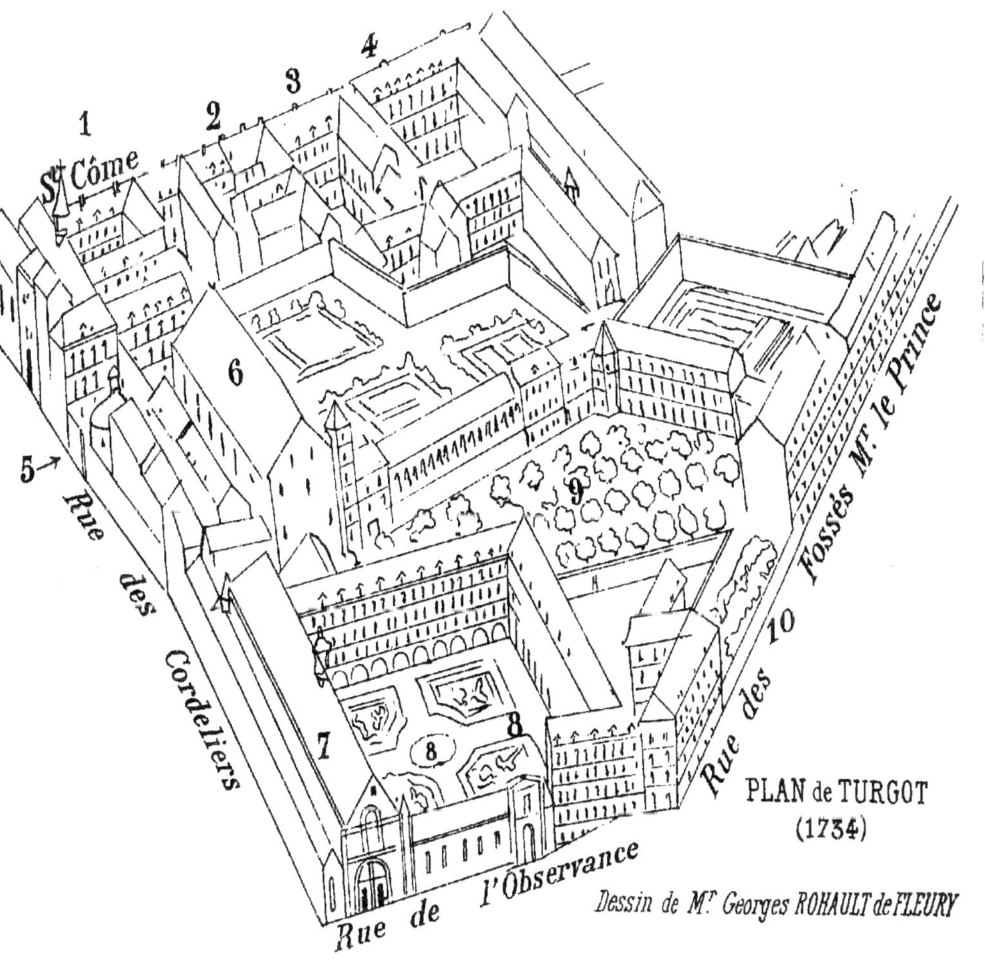

LÉGENDE

1. Église Saint-Côme et Presbytère.
2. Maison de l'Évêque de Clermont.
3. Collège de Justice (Jean Justice).
4. Collège d'Harcourt
5. Amphithéâtre de Saint Côme.
6. Réfectoire et dortoir des Cordeliers. (Musée Dupuytren).
7. Église des Cordeliers. (Club des Cordeliers).
8. Cloître des Cordeliers (ancienne clinique d'accouchements).
9. Jardin des Cordeliers.
10. Fossés de l'enceinte de Paris sous Philippe-Auguste (rue des Fossés Monsieur-le-Prince).

MÉDAILLE COMMÉMORATIVE *(Module 50 millimètres)*

de l'inauguration des nouveaux bâtiments de l'Académie
et des Écoles de Chirurgie.

ÆDES ACADEMI. ET SCHO. CHIRURG. PAR.

REGIA MUNIFICENTIA INCHOAT.

MDCCLXX ABSOL.

MDCCLXXIV

Sur la plinthe à droite N. Gatteaux Fecit. (Œuvre de Nicolas Gatteaux (1270).

Ce monument porte encore entre les chapiteaux des colonnes les mé-
daillons des premiers et derniers chirurgiens de Saint-Côme, Jean Pitard,
Maréchal, Ambroise Paré, de Lapeyronie et Jean-Louis Petit.

C'est ce même monument qui est occupé actuellement par notre Faculté
de médecine de Paris.

Le docteur Lacronique a bien voulu nous transcrire les inscriptions ci-
dessus qu'il a signalées un des premiers en 1902 (*Étude historique sur les
médailles et jetons de l'Académie Royale de Chirurgie* Chalon-sur-Saône,
Bertrand, imprimeur-éditeur, in-4° avec planches. (*Id.*, Confer. Lacronique.
Bull. Soc. Franç. Hist. Médecine, 1903, p. 31.)

Saint-Cosme sous saint Louis, de Lapeyronie, Mareschal, Ambroise Paré et Jean-Louis Petit, ses successeurs, n'est autre que notre Faculté actuelle.

Ce fut également dans son enceinte que furent construits les mausolées de François Gigot de Lapeyronie (son cœur seul y fut déposé), et de Claude d'Espence, théologien janseniste, assez célèbre. Lapeyronie, dont le nom est intimement lié à l'église Saint-Cosme, était fils d'un chirurgien de Montpellier. Ce fut dans cette ville qu'il commença ses études et qu'il enseigna plus tard lui-même l'anatomie. Devenu rapidement célèbre, il sauva, dit-on, la vie à un officier du Pape qui lui décerna une médaille d'or et lui conféra le titre de « Chevalier de l'Éperon ». Dès lors, sa réputation grandit sans cesse. Médecin du duc de Chaulnes qu'il guérit d'une fistule, il fut présenté par son malade à Louis XV dont il devint le premier chirurgien. Il fut successivement chirurgien de la prévôté, chirurgien major des chevau-légers, chirurgien en chef de la Charité, enfin premier chirurgien du roi en 1736. Lapeyronie donna deux consultations au Czar Pierre le Grand... Il se soignait lui-même (ajoute Millin), et se pratiqua lui-même de larges incisions à la main gauche (siège de piqures anatomiques), et plus tard à la jambe pour obtenir la cicatrisation d'un ulcère atonique.

Comme tous les grands chirurgiens, Lapeyronie aimait habiter « ses terres » qu'il légua toutes d'ailleurs à l'Académie de Chirurgie et aux chirurgiens de Paris, ses élèves, à l'exclusion de ses héritiers naturels. A peine arrivait-il dans sa terre de Marigny (Aisne)[1], que son château se remplissait de malades qui venaient de sept à huit lieues à la ronde. Aussi y fonda-t-il de

1. La terre de Marigny fut offerte après la mort de Lapeyronie à Madame de Pompadour par Louis XV qui annoblit son père et lui conféra le titre de marquis de Marigny. Poisson, marquis de Marigny, habita plus tard l'avenue de Marigny actuelle qui lui doit son nom. (Lacronique).

son vivant (Lacronique) un hôpital dans lequel il comptait se retirer, quand la mort le surprit à Versailles, le 24 avril 1747 (Corlieu).

Son cœur seul fut déposé à Saint-Cosme et sa dépouille mortelle disputée aux chirurgiens par les héritiers dépossédés, fut inhumée à Versailles, *in regia Versaliensium parochia* (Millin).

La paroisse Saint-Cosme à la même époque (fin du xviiie siècle), par son voisinage avec le club des Cordeliers, devint paroisse de Danton, de Chaumette, d'Hébert et de la plupart des plus sinistres révolutionnaires. Ce fut dans cette même église que se marièrent le cordonnier Simon et la citoyenne Simon, gardiens de Louis XVII au temple (Le Notre). Cette digression, bien qu'un peu longue, nous a permis de jeter un rapide coup d'œil sur les origines et le déclin de notre cher sanctuaire de Saint-Cosme, aujourd'hui disparu. Dieu sait pourtant si ses annales sont intéressantes à consulter, si la liste des hommes illustres qui l'ont fréquenté serait longue à fournir.

De 1212 à 1345, la paroisse Saint-Cosme appartient à l'abbé de Saint-Germain. Mais en 1345, la cure passe à l'Université à la suite d'une rixe qui éclate au Pré-aux-Clercs, entre les domestiques de l'abbaye et les écoliers.

En 1361, l'Université y installait comme curé Albert de Saxe [1], célèbre professeur de philosophie. Plus tard

1. « En ce qui concerne l'Eglise Saint-Côme et Damien, comme les trois Facultés et les quatre nations qui constituaient la Faculté des Arts étaient appelées à désigner à tour de rôle les titulaires, ce fut la nation d'Allemagne qui usa la première fois de ce privilège en 1361 et elle fit nommer l'un de ses membres, Albert de Saxe, professeur émérite de philosophie et ancien recteur (*Hist. gén. de Paris*, par Émile RAUNIÉ, p. 151.)

Au mois de juillet 1589, la prédominance de la nation d'Allemagne avait été définitivement remplacée par celle du Collège et de la Confrérie des Chirurgiens (*Ibid.* p. 153) qui jusque-là payait simplement à la fabrique une redevance annuelle pour y célébrer leurs services religieux.

Tout porte à penser cependant que la Confrérie des Chirurgiens avait érigé son siège depuis le règne de Saint-Louis dans l'Église Saint-Côme » (E. RAUNIÉ).

(1436), le recteur de l'Université devient lui-même curé de Saint-Cosme. Comme on va le voir, l'Université de Paris attirait, depuis le règne de saint Louis, plus encore qu'à notre époque, de nombreux étrangers parmi lesquels des allemands et des irlandais. Aussi voyons-nous en juillet 1588, ces deniers réclamer violemment « de ce qu'ils avaient payé 50 sols d'or », et exiger du curé de Saint-Cosme que leur banc restât cloué au premier rang du chœur et réclamer qu'une fenêtre soit percée pour leur permettre de jouir de la vue du célébrant. Enfin, on dut leur réserver le droit de sépulture sous le grand autel.

On ne saurait s'étonner de l'outrecuidance de ces prétentions, lorsque nous aurons ajouté, que deux ans avant ces événements, l'Université avait en 1586, attribué la cure de Saint-Cosme à Hamilton, prêtre irlandais qui avait attiré à lui la clientèle étrangère. Un prétendant ayant voulu lui disputer cette cure, le Parlement donna raison à Hamilton. Inutile d'ajouter comme l'affirme Millin auquel nous empruntons la chronologie de Saint-Cosme, que les juges, favorables à Hamilton, furent littéralement inondés, par les étudiants irlandais, de remerciements en vers grecs et latins.

Comme tous les exaltés d'alors, Hamilton était un « ligueur forcené, sanguinaire même, au dire de Millin, qui aurait réussi à faire pendre au Louvre, quoique malades, trois conseillers : Tardif, Brisson et Larcher ». — Fidèle à ses principes, Hamilton refusa de prier pour Henri IV converti. Dans un moment d'exaltation, dit-on, le pauvre desservant aurait revêtu, le jour de l'entrée d'Henri IV à Paris, un baudrier sur son surplis, armé d'une pertuisane près d'un capitaine d'armes, prêt à tuer le nouveau souverain[1].

---

1. *Satire Ménippée* (tome II, p. 48.) Citée par Millin, tome III, p. 2. (Bibl. Nationale L. J. 34 (*loco citato*).

— Heureusement pour le roi, le conseiller Duvoir et le comte de Brissac l'en empêchèrent. Hamilton fut plus tard condamné au supplice de la roue, mais Henri IV lui fit grâce et le chassa de Paris.

Trente ans plus tard (1622), le curé de Saint-Cosme, Roland Hebert, est promu archevêque de Bourges.

Vers la même époque, Catherine de Médicis, qui alors habitait le Luxembourg, rendit le pain bénit à Saint-Cosme, sa paroisse. C'est ici qu'il convient, pour bien comprendre l'importance de la paroisse, de décrire succintement le quartier où s'élevait ce sanctuaire où se réunissaient vers la fin du xvi° au xviii° siècle, l'élite du corps chirurgical. Au xvii° siècle (écrit Corlieu)[1], « la rue des Cordeliers commençait au n° 52 de la rue de la Harpe et se terminait à la porte Saint-Germain ». La rue de la Harpe qui actuellement s'arrête au boulevard Saint-Germain vis-à-vis le musée de Cluny, suivait alors la direction actuelle du boulevard Saint-Michel jusqu'à la porte de Ghibardo (place Soufflot actuelle). La porte de Ghibardo, appelée également porte Saint-Michel, était située au haut de la rue de la Harpe (carrefour Soufflot). On l'appela plus tard porte d'Enfer, parce qu'elle conduisait au château de Vanvert, hanté, disait-on, par le diable. Charles VI voulut la désigner sous le nom de saint Michel en l'honneur de l'Archange et de sa fille Michelle; cette porte, qui coupait les remparts de Philippe-Auguste fut abattue en 1684.

C'est donc à l'angle de la rue des Cordeliers et de la rue de la Harpe, enclavée entre le collège d'Harcourt (aujourd'hui lycée Saint-Louis) dont elle était séparée par le collège Jean-Justice et le cimetière de Saint-Cosme qui l'isolait du réfectoir et dortoir des Cordeliers (aujourd'hui musée Dupuytren), que s'élevait l'église Saint-Cosme.

1. Docteur A. Corlieu, Bibl honor. de la Faculté (Bibl. historiq. de la France Médicale, Paris, 1, place des Vosges, 1901). — *L'Église Saint-Côme et le collège de chirurgie.*

PLAN .

DU COUVENT DES CORDELIERS
DE L'ÉGLISE SAINT-COSME
ET DE L'AMPHITHÉATRE D'ANATOMIE DE SAINT-COSME

(Appartient à M. le Dr CORLIEU, de Paris, à l'obligeance duquel nous le devons.)

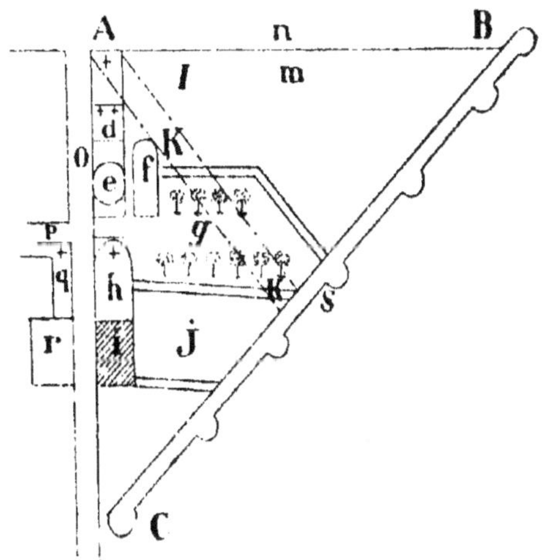

A n B, rue de la Harpe.

A K K, rue Racine.

d, église Saint-Côme et cimetière.

e, amphithéâtre de Saint-Côme.

f, réfectoire et dortoir des Cordeliers (Musée Dupuytren).

g, jardin du couvent des Cordeliers.

h, église des Cordeliers.

i, partie de l'église démolie en 1806, pour la place de l'École de Médecine.

j, cloitre du couvent des Cordeliers.

l, collège Jean-Justice.

m, collège d'Harcourt.

o, rue des Cordeliers (École de Médecine).

p, rue Hautefeuille.

q, couvent des Prémontrés.

r, collège de Bourgogne (Faculté actuelle).

C S B, fortifications de Philippe-Auguste, rue Monsieur-le-Prince.

D'après A. Corlieu, la paroisse de Saint-Cosme aurait succédé à une chapelle du même nom dans laquelle saint Louis aurait érigé la confrérie des saints Côme et Damien, le 25 février 1255, dont les reliques[1] furent d'abord renfermées dans une grande châsse de bois doré[2].

A l'appui de cette assertion, notre savant confrère, le docteur Corlieu, reproduit dans la plaquette déjà citée l'inscription suivante retrouvée par lui au musée de Cluny.

« L'an mil cccc et xxvii (1427), le dymèche »
« prochain après la feste Saint luc, »
« évangéliste, fut ceste presente eglise »
« consacrée des anmosnes des bones »
« gens guagnes les pardons et »
« priès pour les tspasses pater nost.[3] »

« L'inscription (en caractères gothiques) était placée près de la porte (latérale) d'entrée à droite de celle-ci. »

Cette porte latérale de style gothique était à deux baies ; quatre rangs d'archivoltes portaient sur des colonnettes décorées de chapiteaux, pouvant dater du milieu du XIIIe siècle. Le tympan était partagé en trois compartiments par un quadrilobe et deux trèfles, destinés vraisemblablement à être ornés de sculptures. D'après Millin, au-dessus du portail, dans un « fronton coupé » « d'une architecture moderne », était une statue de la Vierge entre deux niches vides.

La principale fenêtre extérieure, formée de deux lancettes bigeminées surmontées d'un œil de bœuf, donnait sur la rue des Cordeliers. Au-dessous d'elle

---

1. CORLIEU, *ibid*, et Arch. Nat., L. 654, ch. 15.

2. SAUVAL, *Hist. des Antiq. de Paris*, t. I, p. 412. — Dom. FÉLIBIEN et LOBINEAU, *Hist. de la ville de Paris*, t. I, p. 438.

3. Musée de Cluny. On trouve l'original de cette pièce dans les jardins du Musée de Cluny sous le n° 427 (1904).

PARIS. ÉGLISE DE SAINT-COME
(XIIIe-XVe siècle)

(Démolie en 1836)

Restauration d'après d'anciennes gravures et les plans manuscrits de VASSEROT
et de M. ROHAULT DE FLEURY, architecte,

(Extrait des *Monuments des Saints de la Messe*, Pl. XV).
par M. Georges ROHAULT DE FLEURY.

était une large borne-fontaine surmontée d'une tête d'homme.

C'est à la porte de l'église Saint-Cosme que le 3 mai 1718 une quête fut organisée en faveur des victimes de l'incendie du petit Pont (voisin de Notre-Dame). Parmi les dames quêteuses, nous relevons les noms de la marquise de Polastron, de Mlle de Mesgrigney, de Mesdames Vesin, Chibert et Hardouin. Cette collecte permit aux malheureux boutiquiers établis en bordure sur le pont incendié, de trouver le vivre et le couvert.

Extérieurement, l'église Saint-Cosme se terminait par un chevet carré sur la rue de la Harpe. Du côté opposé, l'amphithéâtre de Saint-Cosme, dont nous rapporterons l'histoire plus loin, était séparé de l'église du même nom par un petit « appentis », c'est-à-dire une pièce carrée où se donnait, au XVIIIe siècle, chaque premier lundi du mois, après la messe réglementaire, la consultation gratuite aux indigents [1]. Des bâtiments ayant accès sur la rue des Cordeliers, figurent encore sur les plans de Vasserot et d'Albert Lenoir et recouvraient l'emplacement de l'ancien cimetière de la paroisse Saint-Cosme au XVe siècle (?). Plus tard seulement, sous Louis XIV, (le 2 août 1691) fut édifié l'amphithéâtre d'anatomie de Saint-Cosme,

---

1. Sous François Ier (lettres patentes de janvier 1545), les chirurgiens furent agrégés à l'Université de Paris et admis à bénéficier de ses privilèges. François Ier leur imposa l'obligation de se réunir dans l'église Saint-Come, le premier lundi de chaque mois, pour visiter et traiter gratuitement tous les malades ou blessés qui réclamaient leur assistance. (E. RAUNIÉ, p. 153.)

Les chirurgiens pour compenser cette gratuité voulurent se soustraire au paiement de la redevance jusqu'alors exigée par la fabrique. Un édit du 2 avril 1555 prescrivit le partage par moitié des deniers provenant de la quête faite le jour de la fête patronale dans l'église, partage entre l'église et la Confrérie, et ordonna que la visite des malades aurait lieu désormais et dans les charniers près du cimetière en laissant aux chirurgiens le soin de construire à leurs frais pour ce service un bâtiment spécial. (*Topograph. historique du vieux Paris*, par Émile RAUNIÉ, page 154. Paris 1901, Bibl. Nat. n° 523-19.)

dont le dôme subsiste encore rue de l'École de Médecine, vis-à-vis les constructeurs Charrière et Colin.

C'est encore au *Recueil des Antiquités nationales*
de Millin que nous devons de pouvoir reconstituer la
physionomie du Sanctuaire où vécurent et prièrent nos
grands précurseurs Jean Louis Petit, Maréchal
et François de Lapeyronie. La Martinière, Desault...

Une courte visite nous permettra de bien connaître
les nombreuses générations de paroissiens, quelques-
uns des donateurs et des hommes illustres qui voulurent être ensevelis à Saint-Cosme, enfin les traces de
nos premiers maîtres en chirurgie.

Au fond, derrière le maître autel, *dans la chapelle
de la Vierge*, éclairée par deux larges baies contre le
chevet [1], reposaient Anne Julien (1460) près de la

---

1. Dans l'*Épitaphier de la Topographie historique du vieux Paris*
tome III, Bibliothèque Nationale, casier V, n° 523 (6 à 10), par Émile
RAUNIÉ, nous relevons un grand nombre d'épitaphes des plus intéressantes, parmi lesquelles quelques-unes que nous nous permettons de rap-
porter :

1° De Nicolas de Bèze. — Trois épitaphes, l'une en latin, l'autre en
grec, la troisième en français.

2° Celle de Françoise Griveau, dont l'originalité mérite une mention
spéciale :

Sur une plaque de cuivre, était gravée cette inscription :

« A la mémoire de feue noble femme Françoise Griveau, veuve de feu
noble homme maitre Jehan Vyon, de noble race, de la ville de Dijon,
conseiller du roy et l'un des gentilshommes de son hostel.

« Armes Vyon : D'azur au chevron d'argent, accompagné de trois têtes
de lion arrachées d'or »

Au-dessous on lisait le sonnet suivant :

> « Voicy vostre miroir, femmes parisiennes,
> Venez vous y mirer. C'est Françoise Griveau,
> Race des Antonis, qui gist en ce tombeau,
> Race des Chartelliers, races très anciennes.
>> Pitié, charité, toutes vertus chrétiennes
>> Luisoient dans sa jeunesse en son corps chaste et beau.
>> Elle fut jeune veuve, et aultre amour nouveau
>> Ne la put oncque toucher d'amours cythériennes.
> Jean Vyon, son espoux, seul emporta son cœur.
> Elle a aimé surtout son Dieu, son créateur,
> Et trois filles qu'elle a heureusement pourveues.

sépulture de Guillaume de Boussuyt, abbé de Saint-Bavon, à Gand. Dans l'angle sud-ouest, étaient les sépultures des familles Talon (magistrat), Bazin et Bezons. Le long de la paroi sud de Saint-Cosme, trois mausolées se suivaient, celui de Claude d'Espence (à genoux), du maréchal de Bezons, mort en 1733, enfin celui de la Peyronie, construit en marbre vert toscan, dû au ciseau de Vinache. Tout au fond de l'église, près du portail, était apposée la plaque commémorative de la dédicace (1427). Et plus haut, à l'autre angle, le tombeau de la famille de Chaumont (octobre 1751) et, entre les deux, le *fameux banc* de menuiserie gothique, orné des armes des chirurgiens : « D'azur à trois boëttes d'or avec scapel en pal ». Au-dessus du banc était écrit : « Aux Maîtres Chirurgiens de Paris. »

Six colonnes en marbre soutenaient l'édifice et séparaient la nef centrale des bas côtés. Entre les deux premières colonnes de droite s'élevait le banc des marguilliers. Chacune de ces colonnes portait une inscription commémorative : sur la première de droite, un « Calvaire » offert par Larcher, fourbisseur.

Sur les colonnes de gauche (du côté de la rue des Cordeliers), on pouvait lire sur l'une trois épitaphes de Théodore de Bèze, sur l'autre l'épitaphe de Jean Bardon (en latin). Sur la troisième, l'épitaphe de

> Elle a vécu çà bas quatre-vingts ans et plus,
> Soulageant, revestant de Christ les membres nuds,
> Et en reçoit au Ciel la récompense deue. »

On trouvait encore dans l'église Saint-Côme les épitaphes de Anne Julien, Nicolas de Bèze, Auguste Viole, Jean Saget, Catherinel Boucher, Fr. de la Peyronnie, Humbert, Martial Piaron de Chamousset, Ch. Faye d'Espeisses, Fr. de Gouvernain, Cl. d'Espence, Fr. de Rauchicourt, Madeleine Gros, David de Saint-Clair, Marthe Carle, Quentin de Moy, Jacques de Lavergne, Jean Fr. de Trevergat, Anseaume Griveau, Gabrielle Chatelier, Françoise Griveau (chevet de l'église), Ch. Loyseau, Pierre Dupuy, Jacques Dupuy, Marc Léonard de Malpeine, Jean Bertrand, Guillaume de Bossuyt, Denis de Bouthelier, Talon, le chirurgien Mercier, etc.

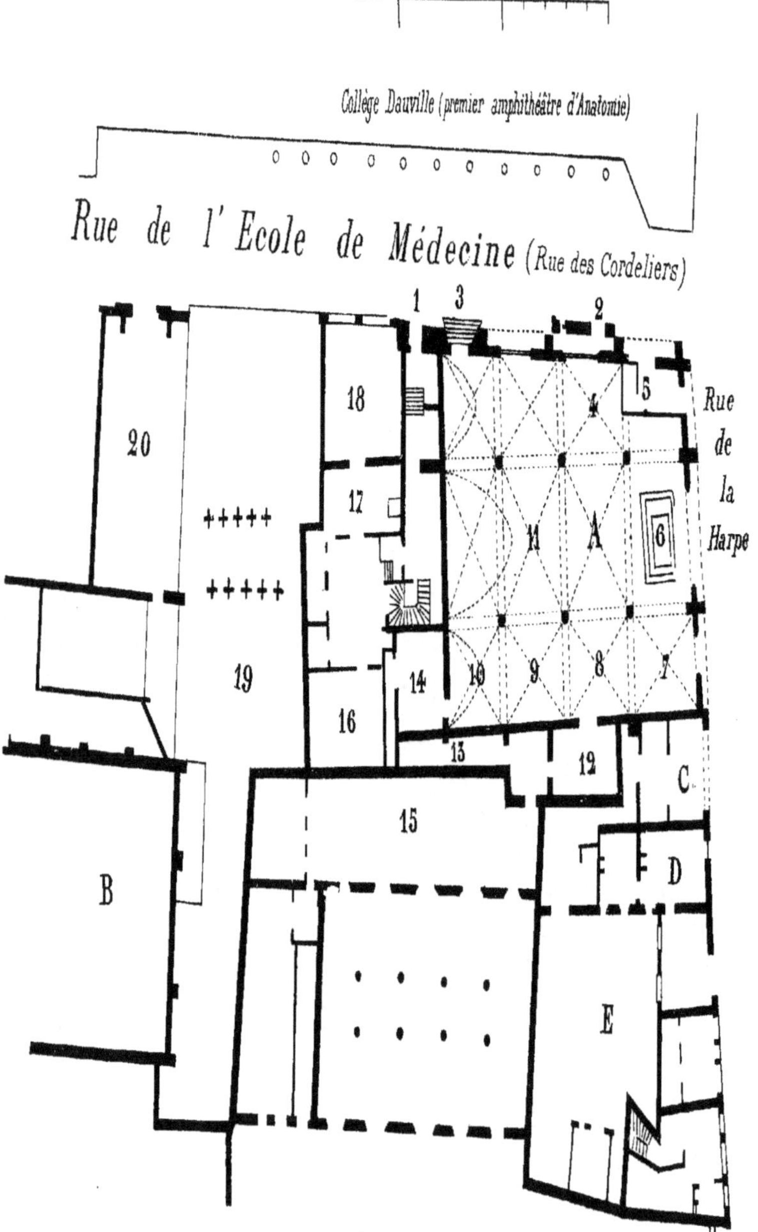

ÉGLISE SAINT-CÔME
D'après le plan de VASSEROT
Dessiné par M. Georges ROHAULT DE FLEURY en 1888
10 m.
Collège Dauville (premier amphithéâtre d'Anatomie)
Rue de l'Ecole de Médecine (Rue des Cordeliers)
Rue de la Harpe
20
18
17
19
16
14
11
A
6
10
9
8
7
15
13
12
C
D
B
E
1
3
2
5
4

LÉGENDE

Plan restitué par M. Hochereau
d'après Vaquer et plan de Verniquet.
(Histoire générale du Vieux Paris,
par Émile RAUNIÉ (1901).

1. Sortie de la maison de la paroisse.
2. Fontaine extérieure sur la rue.
3. Portail de l'Église Saint-Côme.
4. Oratoire de Saint-Côme.
5. Chapelle de la Vierge
6. Sanctuaire.
7. Chapelle du Saint-Sacrement.
8. Chapelle des Bouthelier.
9. Chapelle des Talon.
10. Chapelle des fonts.
11. Nef.
12. Ancien Presbytère
13. Presbytère.
14. Sacristie de Saint-Côme
15. Emplacement de l'ancien jardin
    du presbytère (vendu).
16. Revestiaire.
17. Salle d'attente de la salle de visite.
18. Salle de visite.
19. Emplacement de l'ancien charnier
    et cimetière Saint-Côme.
20. Emplacement de l'Amphithéâtre
    de Saint-Côme, construit en 1615,
    inauguré en 1616 (Corlieu), encore
    existant

A Église Saint-Côme (Vasserot).
B Réfectoire et dortoir des Cordeliers
C Maison de M. Moulinet (Alb.
   Lenoir).
D Maison de la Courone (Alb. Lenoir).
E Maison de l'Évêque de Clermont et
   de l'abbé de Molesmes (Alb. Lenoir)

Saint-Clair, paroissien de Saint-Cosme.

Lorsque nous aurons ajouté que, sur le mur adossé à la fontaine de la dite rue, on avait gravé l'épitaphe du conseiller Denis Bouthilier, de Chauvigny, tout contre la chapelle Saint-Roch, sur les dalles de laquelle étaient inscrits les noms de Jean Dautrun, théologien de Sorbonne et Théodore de Béze, nous aurons épuisé la liste des souvenirs historiques de cette petite paroisse.

Quelques fragments de chapiteaux ont survécu à la dispersion des pierres de l'édifice.

Tandis que la plaque rappelant la consécration était déposée au Musée de Cluny, sous le numéro 347[1], ces fragments de chapiteaux du XVe siècle étaient déposés à l'école des Beaux-Arts par M. Alb. Lenoir. Notre savant collègue, M. Georges Rohault de Fleury, architecte, membre d'honneur de la Société de Saint-Luc, les a reproduits avec les plans de l'église Saint-Cosme, en juillet 1888, dans son magnifique ouvrage des *Monuments des Saints de la Messe* (planche XV).

Vers 1836, nous rapportait en 1887 un témoin oculaire, M. Langlois, l'église Saint-Cosme[2], déjà désaffectée depuis 1791, fut démolie pour le percement de la rue Racine sur le boulevard Saint-Michel. Jusqu'alors, celle-ci s'arrêtait à la rue Monsieur-le-Prince.

De 1791 à 1836, l'église désaffectée fut louée par un coutelier nommé Boucard, adossé au chevet de Saint-Cosme. L'église elle-même fut occupée plus

---

1. Cette pierre a été, en 1858, déposée au Musée de Cluny. Elle porte actuellement le n° 427, (cour grillée donnant sur le boulevard Saint-Germain, dans l'angle des bâtiments.) C'est hélas ! le dernier vestige de notre cher sanctuaire !

2. Nous possédons un croquis de cette église fait vers 1830, par M. Langlois.

tard par un libraire (Langlois) et cédée par celui-ci à un menuisier dont mon père, alors âgé de dix-huit ans, visita la boutique.

Telle est l'histoire de la paroisse dans laquelle a pris naissance la confrérie de Saint-Cosme, berceau des plus grands chirurgiens français.

Puisse-t-elle inspirer à quelque généreux donateur de la Société Saint-Luc, Saint-Cosme et Saint-Damien, la pensée de faire revivre, sous forme d'une châsse où seraient exposées les reliques de nos saints patrons, à Montmartre, le plus ancien sanctuaire consacré aux saints anargyres, entreprise facile, la Société de Saint-Luc, Saint-Cosme et Saint-Damien conservant dans ses archives les plans de ce vieux monument.

II

AMPHITHÉATRE D'ANATOMIE DE SAINT-COME [1]

Jusqu'en 1691 les chirurgiens ne possédaient pour donner leurs leçons publiques, pour « faire des lectures, démonstrations en chirurgie, anatomie et instruction pour l'incision » d'autre local que la salle du collège de Danvile ou d'Invile (Michel Danvile, chanoine à Arras, était propriétaire de cet immeuble situé rue Saint-Côme vis à vis l'église (Corlieu). Un premier amphithéâtre en 1615, inauguré en 1616, fut d'abord construit sur le territoire du cimetière. — Mais rapidement devenu insuffisant, un nouvel amphithéâtre,

---

1. L'historique de l'amphithéâtre de Saint Come a été reproduit en 1901 dans la *Bibliothèque historique de la France médicale* (901), par le doc teur A. Corlieu, bibliothécaire honoraire de la Faculté, auquel nous avons fait de larges emprunts et qui a bien voulu nous prêter le cliché de l'amphithéâtre de Saint-Come encore existant (1904), devenu aujourd'hui l'amphithéâtre de l'École des arts décoratifs, R. de l'École de Médecine, n° 5.

COLLÈGE DE CHIRURGIE

AMPHITHÉATRE DES CHIRURGIENS DE SAINT-COSME

(Inauguré le 2 août 1691).

*D'après un cliché appartenant à M. le Dr A. CORLIEU,
Bibliothécaire honoraire de la Faculté.*

(France Médicale, 1901.)

dont nous donnons ci-joint la reproduction, fut construit en 1691 grâce à la libéralité (2,000 livres) de Louis Roberdau (de Champigny en Touraine), qui acquit avec le concours des chirurgiens de Saint-Côme, moyennant 600 livres de rente, un terrain dépendant des Cordeliers, où fut construit le présent amphithéâtre d'anatomie (1691) dont la première pierre fut posée le 2 août 1691.

Cet amphithéâtre aujourd'hui découronné, privé des boîtes à pilules qui surmontaient chaque fenêtre, sur le mur extérieur duquel brillait le « Soleil » c'est-à-dire les armes de Louis XIV alors régnant est encore debout. Plusieurs estampes conservées par la Direction de l'École des Arts décoratifs permettent de voir les « chirurgiens du xviiie siècle, disséquant un cheval... Un rayon de lumière pénètre dans l'amphithéâtre et éclaire le professeur d'anatomie ». La Révolution a brisé les armes de Louis XIV mais n'a pu réussir à effacer les « rayons du Soleil », aujourd'hui peints en couleur chamois, vis à vis les magasins de vente des constructeurs Galante et Collin...

Le docteur Corlieu rapporte dans son intéressante plaquette le procès-verbal de la pose de la première pierre de ce monument, le 2 août 1691, cérémonie à laquelle assistèrent Dutertre, (chirurgien ordinaire du Roy), Félix de Tassy, le brillant opérateur de la fistule de Louis XIV, etc...

« Dans une boëtte de cèdre à double fond, avec son couvercle à coulisses, le tout long de neuf pouces sur cinq de large, furent déposés vingt médailles de bronze frappées aux coins de la Compagnie, les titres de la fondation des écoles royales, écrits en latin et en français sur une feuille de velin double, avec plusieurs estampes qui représentent le dehors et le dedans de l'amphithéâtre, et une lame de cuivre gravée aux armes de la Compagnie, à celles de MM. Félix, Poignant, Dalibour, David, Cuquel, prévosts, et de M. Franchet, receveur. Tout cela surmonté de la devise de sa Majesté, et sur laquelle est une inscription française qui marque le jour de la position de la première pierre. « Cette boëtte fermée de son couvercle, enfermée dans une autre boëtte de plomb, et le tout encastré dans une grande pierre de taille qui a été fermée par dessus d'une grande plaque de fer pour la distinguer des autres. Cette pierre a été posée sous une des colonnes du côté droit de la grande porte de l'amphithéâtre en sortant.

Les chirurgiens de Saint-Côme avaient tout d'abord inscrit sur la porte d'entrée, en lettres d'or, le titre « *Collegium chirurgorum* », mais le doyen Armand de Mauvillain, doyen de la Faculté, avait, en 1667, obligé les chirurgiens à remplacer cette inscription par la suivante : *Œdes chirurgorum* ».

Le docteur A. Corlieu relève également le distique suivant de Santeuil, inscrit au-dessus de la porte d'entrée :

Ad cædes hominum prisca amphitheatra patebant
Ut discant longum vivere nostra patent.

Ce distique fut plus tard reproduit dans le grand amphithéâtre de la Faculté actuelle au-dessous d'une vaste peinture murale. Sur la porte à main droite, en sortant de l'amphithéâtre, on lisait :

Felicibus auspiciis
Ludovici magni
Semper pii, semper augusti
Societas regia chirurgorum parisiensium
hoc
Amphitheatrum anatomicum
ad
Renascentem chirurgicæ gloriam
construi curavit.

De 1707 à 1710, les chirurgiens firent construire un petit bâtiment pour s'y rassembler et y donner leurs consultations vis à vis de l'amphithéâtre ci-dessus décrit. La communauté des chirurgiens fit graver sur la porte de ce petit monument la devise « *Consilioque manuque mortem arte pellit* » à la place d'un distique latin composé par Lecomte, professeur au collège Mazarin...

L'intérieur de l'amphithéâtre de Saint-Côme nous arrêtera peu. Il était octogone, muni de gradins. Au centre, un hémicycle permettait au professeur de faire les démonstrations.

Sa lanterne était surmontée d'une magnifique couronne royale qui, comme le « Soleil » et les boîtes à pilules des fenêtres (souvenir des armoiries des chirurgiens), fut abattue pendant la tourmente révolutionnaire. Le coq (emblême de la vigilance), qui couronnait le fronton, a disparu ainsi que les fleurs de lys et les L entrelacés.

Jusqu'au 18 décembre 1731, date de la première séance de l'Académie de chirurgie [1], l'amphithéâtre d'anatomie servit à l'enseignement des chirurgiens de Paris.

Mais le 20 octobre 1767, Louis XV transporta, par lettres patentes datées de Fontainebleau, dans l'amphithéâtre de Saint-Côme l'École des Arts décoratifs primitivement établie rue Saint-André-des-Arts. (Corlieu, *loc. citato*, p. 17.)   Dʳ H. DAUCHEZ.

---

1. Voir plus haut, p. 3 et 4, la reproduction de la médaille commémorative de l'inauguration de l'Académie de Chirurgie.